DER QUERLESER

Auf derQuerleser.de findest Du:
Zahlreiche verständliche und detaillierte Lektürehilfen in Nullkommanichts in digitaler Version oder als Taschenbuch.

Die Bekenntnisse (Bücher I-IV)

Jean-Jacques Rousseau

LEKTÜRE HILFE

Die Bekenntnisse (Bücher I-IV)

Jean-Jacques Rousseau

Verfasst von Sabrina Zoubir
Übersetzt von Gerda Fischer

JEAN-JACQUES ROUSSEAU

GENFER SCHRIFTSTELLER, PHILOSOPH UND MUSIKER

- **Geboren 1712 in Genf**

- **Gestorben 1778 in Ermenonville**

- **Einige seiner Werke:**

  - *Julie ou la Nouvelle Héloïse* (*Julie oder die Neue Heloise*) (1761), Briefroman

  - *Émile ou De l'éducation* (1762), Abhandlung über die Erziehung

  - *Les Rêveries du promeneur solitaire* (zwischen 1776 und 1778), eine philosophische Reflexion

Jean-Jacques Rousseau ist einer der berühmtesten Denker der Aufklärung und einer der geistigen Väter der Französischen Revolution. Er wurde 1712 in Genf geboren und erlebte eine bewegte Jugend, in der er verschiedene Berufe wie Hauslehrer oder Kopist ausübte. In Paris schloss sich Rousseau den Philosophen der Aufklärung an und erlangte 1750 Ruhm mit seinem *Diskurs über die Wissenschaften und Künste*, in dem er das zentrale Thema seiner Überlegungen entwickelte: Der Mensch wird von Natur aus gut und glücklich geboren, die Gesellschaft verdirbt ihn und macht ihn unglücklich. Es folgten Hauptwerke wie *Du contrat social* (1762) oder *Émile ou De l'éducation* (1762). Da sie als subversiv gelten, werden sie schnell verurteilt und verboten. Rousseau wurde zu einer Reihe von Exilen gezwungen, die ihn bis 1769 von Frankreich fernhielten. Aus einem Gefühl der Verfolgung heraus widmete er den letzten Teil seines Lebens autobiografischen Werken: *Les Confessions* (1765-1767) und *Les Rêveries du promeneur solitaire* (1776-1778). Er starb 1778 in Abgeschiedenheit.

DIE BEKENNTNISSE (BÜCHER I-IV)

EINE AUTOBIOGRAFIE EINES PHILOSOPHEN DER AUFKLÄRUNG

- **Genre:** Autobiografie

- **Referenzausgabe:** *Les Confessions* (Livres I-IV), Paris, Gallimard, Coll. „Folio classique", 1997, 272 S.

- **1re Ausgabe:** 1782

- **Thematisch:** Einsamkeit, Traurigkeit, Emotion, Leben, Gedächtnis, Natur, Psychologie

Rousseaus *Bekenntnisse sind* ein posthum veröffentlichtes autobiografisches Werk, dessen erste sechs Bücher zwischen 1765 und 1767 und die letzten sechs zwischen 1769 und 1770 verfasst wurden. Das Ganze erinnert an die ersten 53 Jahre seines Lebens. Die Idee, seine Bekenntnisse zu verfassen, fand ihre Grundlage in einem besonderen Kontext. Als er im *Émile* den schlechten Einfluss der politischen und religiösen Macht auf die Erziehung anprangerte, zog er den Zorn der französischen, schweizerischen und niederländischen Behörden auf sich. Diese hielten seine Theorien für unanständig und ordneten 1762 an, dass das Werk öffentlich verbrannt und der Autor verurteilt werden sollte. Rousseau wurde in diesen Ländern mit einem Einreiseverbot belegt und ging ins Exil nach Neuenburg.

Kaum zwei Jahre später wurde er in einem Text von Voltaire beschuldigt, eine moralisierende Abhandlung über Erziehung geschrieben zu haben, während er seine vier Kinder in der öffentlichen Fürsorge zurückgelassen hatte. Rousseau fühlte sich durch die Anschuldigung seines ehemaligen Freundes betrogen und beschloss in einem fast zwanghaften Rechtfertigungszwang, seine *Bekenntnisse zu veröffentlichen.*

ZUSAMMENFASSUNG

BUCH I – VON 0 BIS 16 JAHREN (1712 – MÄRZ 1728)

Rousseau erzählt zunächst von seiner Geburt in Genf im Jahr 1712 und dem Tod seiner Mutter nach der Entbindung. Der junge Jean-Jacques bleibt daraufhin allein mit seinem Vater, mit dem er lange, schlaflose Nächte mit Lesen verbringt. Diese Lektüre formt den Geist des Jungen, der auf diese Weise die großen Autoren und eine erstaunliche Palette von Gefühlen kennenlernt („Ich hatte keine Ahnung von den Dingen, dass mir alle Gefühle bereits bekannt waren", S. 37). Rousseaus Vater ging jedoch ins Ausland und vertraute seinen Sohn dem Pastor Lambercier an. In Bossey erlebte Jean-Jacques dank der Prügel von Mlle Lambercier seine ersten sexuellen Gefühle, aber er entdeckte auch das Gefühl der Ungerechtigkeit mit der Episode des zerbrochenen Kamms (die den Grundstein für seine tiefe Abneigung gegen Ungerechtigkeit legte). 1724 kehrte er für einige Monate zu seinem Onkel in Genf zurück, bevor er seine Lehrjahre begann: zunächst bei M. Masseron (Schreiber), dann bei M. Ducommun (Graveur), die ihn beide verachteten und tyrannisch behandelten. Diese unglücklichen Erfahrungen entwickeln in ihm bestimmte Laster, die den jungen Lehrling zum Lügen und Stehlen verleiten.

Einige Jahre später, als Rousseau von einem Spaziergang auf dem Land zurückkehrt, findet er die Tore der Stadt verschlossen. Er sieht darin ein Zeichen des Schicksals und beschließt, Genf endgültig zu verlassen.

BUCH II – DAS JAHR IHRES 16. JAHRES (MÄRZ – DEZEMBER 1728)

Jean-Jacques beginnt ein Wanderleben: Er streift durch die Umgebung von Genf und hört nicht auf, von der schönen Natur zu schwärmen. Er lernt M. de Pontverre kennen, einen wohlwollenden Priester, der ihm rät, nach Annecy zu einer gewissen Mme de Warens (1700-1762) zu gehen. Der 16-jährige Teenager kommt dieser Aufforderung nach und ahnt nicht, wie entscheidend diese Begegnung für ihn sein wird. Diese Frau, für die er zugegebenermaßen eine sofortige Liebe empfand, schickte ihn in das Hospiz für Katechumenen in Turin, wo er von einem Mohren sexuell missbraucht wurde. Nachdem er zum Katholizismus konvertiert ist, verlässt er das Hospiz ohne Bedauern.

In Turin lernt er Mlle de Basile kennen, mit der er eine kurze, platonische Liebe erlebt, und sie vermittelt ihm eine Stelle als Lakai bei der Gräfin de Vercellis. Als echter Schelm stiehlt Jean-Jacques jedoch ein Band und beschuldigt frech das Dienstmädchen Marion, den Diebstahl begangen zu haben. Das arme Mädchen ist verunsichert, bricht in Tränen aus und ihre scheinbare Schwäche wird ihr angesichts Rousseaus „teuflischer Kühnheit" zum Verhängnis. Schließlich werden beide entlassen und Jean-Jacques begibt sich wieder auf die Straße seines Schicksals.

BUCH III – VON 16 BIS 18 JAHREN (MÄRZ 1728 – APRIL 1730)

Die Kraft seines jungen Alters in Verbindung mit dem Müßiggang, den er bei der Rückkehr zu seiner früheren Gastgeberin erfährt, bringt Jean-Jacques dazu, sich exhibitionistisch zu betätigen. Auf der Suche nach einem neuen Zuhause besuchte er gelegentlich Herrn Gaime, einen Abt aus Savoyen. Im Laufe ihrer Gespräche entdeckt Rousseau sich selbst und denkt über eine ganze Reihe philosophischer Begriffe nach. Dann wird er dank des Grafen de la Roque Lakai in einem Haus von großem Ansehen, beim Grafen de Gouvon. Zunächst war Jean-Jacques enttäuscht, dass er wieder als Diener fungieren musste, doch er fiel durch seine Intelligenz auf und wurde dessen Sekretär. Trotz dieser neuen Aufgabe und seines guten Verhältnisses zum Grafen hat er nur einen Gedanken: Er will Annecy und Mme de Warens finden. Er lässt sich von ihr entlassen und begibt sich dann unangekündigt zu ihrem Haus.

Trotz der Befürchtungen des jungen Mannes lädt Mme de Warens ihn ein, bei ihr zu wohnen. Dies ist der Beginn einer langen und zärtlichen Vertrautheit. Bei einem Seminar über Musik lernt er den Musiker M. Le Maitre kennen, mit dem er später nach Lyon geht. Dieser leidet an Epilepsie und erleidet auf offener Straße einen schrecklichen Anfall. In Panik lässt Rousseau ihn zurück und flieht feige.

BUCH IV – VON 18 BIS 19 JAHREN (APRIL 1730 – OKTOBER 1731)

Nach seiner Rückkehr nach Annecy lebt Rousseau mit Herrn Venture zusammen. Er denkt viel an Mme de Warens, zumal er nicht weiß, wo sie sich aufhält. Dann beschließt er, nach Lausanne zu gehen, um dort Musik zu unterrichten, obwohl er nichts davon versteht. Er findet Unterschlupf im Gasthaus von Herrn Perrotet, bei dem er sich als Komponist und Musiklehrer ausgibt, der ein Publikum sucht. Der Wirt verspricht ihm, einige Schüler für ihn zu finden. Schnell wird Jean-Jacques „Meister im Singen, ohne eine Melodie entziffern zu können" (S. 98). Nach einem katastrophalen Konzert, bei dem sich das höhnische Gelächter des Publikums mit Empörung mischt, bricht er jedoch zusammen und gesteht einem seiner Symphoniker seinen Schwindel. Noch am selben Abend weiß ganz Lausanne von seiner Täuschung und nicht gerade stolz verlässt er die Stadt.

Bei einem Zwischenstopp in Solothurn lernte er den Marquis de Bonac kennen, der ihn beherbergte und beschäftigte, bevor er ihm half, nach Paris zu reisen. Schließlich war Jean-Jacques von seiner Vorstellung von der Hauptstadt enttäuscht und konnte nicht anders, als nach Annecy zurückzukehren, als er von der Rückkehr von Mme de Warens erfuhr. Diese war ihrem Schützling stets wohlgesonnen und verschaffte ihm eine Stelle als Sekretär beim König von Piemont-Sardinien. Für Rousseau beginnt ein neues Leben.

CHARAKTERSTUDIE

ROUSSEAUS FAMILIE

Seine Eltern

Rousseaus Mutter, Suzanne Bernard, Tochter des Ministers Bernard, ist eine Bürgerin, die in recht wohlhabenden sozialen Verhältnissen lebt. Isaac Rousseau, ihr Vater, ist Uhrmacher von Beruf und stammt aus einer weitaus bescheideneren Familie. Aus diesem Grund dauert es eine Weile, bis es ihm gelingt, Suzanne zu heiraten, in die er unsterblich verliebt ist und die er seit seinem achten Lebensjahr kennt. Aus ihrer gegenseitigen Liebe gehen zwei Kinder hervor: ein erster Sohn, François, und sieben Jahre später ein zweiter Sohn, Jean-Jacques. Suzanne erliegt jedoch einem tragischen Schicksal und stirbt sieben Tage nach der Geburt ihres jüngsten Kindes. Jean-Jacques' Vater ist von seiner Trauer überwältigt und wird sich nie davon erholen, da er seinem Sohn unwissentlich eine doppelte Schuld aufbürdet. Um der traurigen Realität zu entfliehen, wählt Isaac eine Flucht durch die von Suzanne hinterlassenen Bücher. Er nimmt Jean-Jacques mit auf seine literarischen Reisen, und zwischen Vater und Sohn entsteht eine zarte Komplizenschaft. Diese endete jedoch recht schnell, denn nach einem Streit mit M. Gautier im Jahr 1722 ging Isaac nach Genf ins Exil und ließ Jean-Jacques unter der Vormundschaft seines Onkels Gabriel Bernard zurück.

Die Bernards

Rousseau steht seinem Onkel und seiner Tante nahe, doch die glücklichsten Momente seiner Kindheit teilt er mit seinem Cousin. Er ist übrigens eine der ersten Personen, für die er echte Gefühle empfindet: „Bis dahin hatte ich nur hohe, aber eingebildete Gefühle gekannt. Die Gewohnheit, gemeinsam in einem friedlichen Zustand zu leben, verbindet mich zärtlich mit meinem Cousin Bernard." (S. 42) Gemeinsam verbringen sie fast fünf unvergessliche Jahre im Internat der Lamberciers. Jean-Jacques beschreibt ihre Beziehung wie folgt: „Unsere Arbeiten, unsere Vergnügungen, unsere Vorlieben waren dieselben: Wir waren allein, wir waren gleich alt, jeder von uns brauchte einen Kameraden; uns zu trennen bedeutete in gewisser Weise, uns zu vernichten." (p. 42)

Jean-Jacques

Er ist gleichzeitig die Hauptfigur der *Bekenntnisse*, der Erzähler der Geschichte und der Autor des Textes; eine Besonderheit, die es schwierig machen kann, ihn zu erfassen. Von Anfang an stellt er klar, dass er „einen Menschen in der ganzen Wahrheit seiner Natur malen" will, und in der Tat sind die Beschreibungen nicht immer zu seinem Vorteil. Im Bemühen um absolute Transparenz enthüllt Rousseau dem Leser seine Schwächen, erwähnt seine Misserfolge ohne Umschweife und bekennt sich zu seinen moralischen Fehlern. Zu Beginn der *Bekenntnisse* zieht er das Mitleid des Lesers auf sich, indem er sich als kränkliches, fast behindertes Kind darstellt:

Ich war fast sterbend geboren worden; man hatte wenig Hoffnung, mich zu erhalten. Ich brachte den Keim einer Unannehmlichkeit mit, die die Jahre verstärkt haben und die mir jetzt manchmal nur deshalb eine Pause gönnt, um mich auf andere Weise noch grausamer leiden zu lassen. (S. 36)

Diese Zerbrechlichkeit scheint mit seiner Überempfindlichkeit einherzugehen, die er sowohl gegenüber der Natur als auch gegenüber Frauen und der Literatur zum Ausdruck bringt. Seine Liebschaften beispielsweise sind ebenso intensiv wie platonisch. Wahrscheinlich ist das, was er als mangelnden Erfolg bei Frauen beschreibt, in Wirklichkeit ein Problem, das mit einer Verwirrung zwischen seiner Fantasie und der realen Welt zusammenhängt. Der Grund dafür ist die enorme Anzahl an Büchern, die er schon in jungen Jahren gelesen hat. Diese Bücher prägten seine Liebe zum Reisen, seinen verträumten Charakter und führten zu seiner sozialen Unangepasstheit. Nach all den romantischen Geschichten, die er gelesen hat, kann die Realität seinen Erwartungen nicht mehr gerecht werden.

Doch all diese zerbrechlichen und sensiblen Aspekte seines Wesens bilden einen seltsamen Kontrast zu einigen der Elemente, die in seinen Erzählungen berichtet werden. Trotz seiner scheinbaren Schüchternheit gegenüber Frauen durchlebte er eine exhibitionistische Phase. Es ist jedoch schwer vorstellbar, dass eine Person, die sich selbst als zurückhaltend bezeichnet, in der Lage ist, so dreist zu lügen (wenn er vor einer ganzen Versammlung ein Dienstmädchen eines Diebstahls beschuldigt, den er begangen hat, oder wenn er sich als berühmter Komponist ausgibt, obwohl er nichts von Musik versteht). Ist es Wahnsinn oder Ehrgeiz? Eines ist sicher: Durch seine Entscheidungen, seine Risikobereitschaft und seine Unverfrorenheit erweckt der komplexe Charakter von Jean-Jacques trotz seiner Fehler Bewunderung.

Die Lamberciers

Rousseau hat nur gute Erinnerungen an seine Lehrjahre bei Pastor Lambercier, einem „sehr vernünftigen Mann" (S. 42), der zu seiner sanften Erziehung beigetragen hat.

Die Schwester des Pastors, Mlle Lambercier, unterrichtet Katechismus. Als Garantin der mütterlichen Autorität hindert ihre Strenge sie nicht daran, gerecht zu bleiben und den Kindern die Zuneigung entgegenzubringen, die sie verdienen. Sie ist auch der Auslöser für die ersten sexuellen Gefühle des jungen Jean-Jacques. Die Passage, in der er beschreibt, wie sehr er es genießt, von ihr den Hintern versohlt zu bekommen, ist einer der bekanntesten Auszüge aus den *Bekenntnissen*:

Ziemlich lange beließ sie es bei der Drohung, und diese Androhung einer für mich ganz neuen Strafe erschien mir sehr furchterregend; aber nach der Ausführung fand ich sie in der Prüfung weniger schrecklich als die Erwartung gewesen war, und das Merkwürdigste ist, dass diese Strafe mich noch mehr zu derjenigen hingezogen hat, die sie mir auferlegt hatte […] (S. 44).

Mme de Warens

Mme de Warens ist eine adlige Frau mit einem wenig erfüllten Gefühlsleben. Sie wurde jung mit M. de Warens verheiratet und blieb kinderlos. Aus einer Laune heraus verließ sie ihren Ehemann, ihre Familie und ihre Stadt für einen Prinzen, der sie schließlich ins Kloster schickte. In diesem Zusammenhang sagt Rousseau, dass sie die Wahl zur Flucht aus einer ähnlichen Gedankenlosigkeit wie der seinen traf, „und dass sie alle Zeit der Welt hatte, auch zu weinen." (S. 84) Denn diese junge Dame weist viele Ähnlichkeiten mit Jean-Jacques auf: Wie er ist sie impulsiv und leidenschaftlich, wie er verliert sie ihre Mutter gleich nach der Geburt, und wie er schmiedet sie ihre Bildung vor Ort, je nach ihren Erfahrungen. Als sie sich dank M. de Pontverre kennenlernen, ist Rousseau erst 16 Jahre alt und Mme de Warens 28. Sie ist zweifellos die entscheidendste Begegnung im Leben des Autors („Diese Epoche meines Lebens hat über meinen Charakter entschieden", S. 84). Die Verbindung zwischen den beiden inspirierte ihn zu „Herzensfrieden, Ruhe, Gelassenheit, Sicherheit, Zuversicht" (S. 87).

Daher reißen die lobenden körperlichen Beschreibungen über diese Frau nicht ab: „Ich sehe ein Gesicht, das mit Grazien durchsetzt ist, schöne blaue Augen voller Sanftmut, einen blendenden Teint, die Konturen einer bezaubernden Kehle." (S. 83-84) Ihre Stimme lässt Rousseau „zusammenzucken" (S. 84). Auch wenn seine Gefühle für sie in manchen Sätzen zweideutig erscheinen mögen, geht aus seinen Beschreibungen vor allem eine tiefe Bewunderung und ein tiefer Respekt hervor. Im

Übrigen nennt er sie „Mama", während sie ihn „Kleiner" nennt.

Der Abt von Gaime

Abbé Gaime ist eine weitere wichtige Person in den *Confessiones, nicht nur wegen seines* starken Einflusses auf den jungen Jean-Jacques, sondern auch, weil er den Autor zur Figur des Vikars aus Savoyen inspiriert hat. Jean-Jacques besucht ihn gerne, denn die Erkenntnisse, die er aus diesen Gesprächen gewinnt, sind für ihn von unschätzbarem Wert:

Ich fand in seiner Nähe Vorteile, die mir mein ganzes Leben lang zugutekamen, die Lehren der gesunden Moral und die Maximen der rechten Vernunft […]. Herr Gaime nahm sich die Mühe, mich an meinen Platz zu setzen und mich mir selbst zu zeigen, ohne mich zu schonen oder zu entmutigen […]. Er zeichnete mir ein wahres Bild des menschlichen Lebens, von dem ich nur falsche Vorstellungen hatte. (p. 133)

LESESCHLÜSSEL

EMOTIONEN IM ZENTRUM EINES NEUARTIGEN UNTERNEHMENS

Da Rousseau davon überzeugt ist, dass die Wahrheit im Herzen der Menschen zu suchen ist, bietet er sich selbst als Studienobjekt an. Bereits in den ersten Zeilen kündigt er die Einzigartigkeit seines Vorhabens an: „Ich forme ein Unternehmen, das nie ein Beispiel hatte und dessen Ausführung keinen Nachahmer haben wird." Obwohl er es war, der das autobiografische Genre populär machte, wurde er zu *den Bekenntnissen* durch ein Werk des Heiligen Augustinus (einer der lateinischen Kirchenväter, 354-430) mit demselben Titel inspiriert. Nichtsdestotrotz liefert Rousseau ein ergreifendes Zeugnis seiner Persönlichkeitsgeschichte. Er enthüllt alles mit einer bemerkenswerten Liebe zum Detail und stellt die Emotionen in den Mittelpunkt seiner Erzählungen. Seine zahlreichen Lektüren sind der Grund für diesen Ansatz und führen zu folgender Feststellung: „Ich hatte keine Ahnung von den Dingen, dass mir alle Gefühle bereits bekannt waren." (p. 37)

Diese Vorherrschaft des Sinnlichen ist keineswegs abwertend gemeint, sondern wird von Rousseau beansprucht und bildet die Grundlage seiner Philosophie: Seiner Meinung nach erhält man durch die Empfindung Zugang zur Wahrheit, d. h. zum Verständnis der Welt und des eigenen tiefsten Selbst. In diesem Sinne kann man *die Bekenntnisse* als ein Vorläuferwerk der modernen Psychologie betrachten: Die Analyse des eigenen Selbst, dessen, was man fühlt, ermöglicht es uns, uns selbst besser zu kennen und so das Stadium des Leidens zu überwinden. Trotz allem muss klargestellt werden, dass Rousseau vor allem die Absicht hat, uns dabei zu helfen, in der Geschichte der Menschheit voranzukommen: „Ich beschwöre Sie [...], nicht ein einzigartiges und nützliches Werk zu vernichten, das als erstes Vergleichsstück für das Studium der Menschen dienen kann." (p. 31)

EINE STRATEGISCHE SCHRIFT

Ausgehend von der Annahme, dass Rousseau versucht, sich vor seinen Lesern für die gegen ihn erhobenen Anschuldigungen zu rechtfertigen, setzt er eine ganze Strategie ein, um das Verständnis des Lesers, sein Mitgefühl und seine Nachsicht zu erlangen. Diese Strategie kommt nicht nur bei der Auswahl der Ereignisse, die er schildert, zum Tragen, sondern auch bei dem intimen Stil, den er anwendet. Wie wir bereits zuvor betont haben, besteht eine von Rousseaus Taktiken, um den Leser zu erweichen, darin, sein Mitleid zu wecken, um so besser seine Vergebung zu finden. Zu diesem Zweck begibt er sich von Anfang an in die Position des Opfers: „Ich war die traurige Frucht dieser Rückkehr" (über seine Geburt), „Ich wurde als Krüppel und krank geboren", „Meine Geburt war das Erste meiner Unglücksfälle" (S. 35), „Ich würde fast sterbend geboren" (S. 36). Er bringt diesen Opferstatus durch übertriebene Hyperbeln herbei und wählt daher ein Vokabular oder Wendungen, die dazu neigen, seine Erzählungen maximal zu dramatisieren. Dasselbe Stilmittel wendet er an, um das Eingeständnis seiner Fehler sanft zu vermitteln (der Diebstahl des Bandes, die Freude, die er bei der Prügelstrafe von Mlle Lambercier empfand, das Verlassen seines epileptischen Freundes in einem Anfall): Indem er seine Schuld vergrößert, wenn die Pointe eintritt, verharmlost das Urteil des Lesers unbewusst die betreffende Handlung und findet den Autor vielleicht übertrieben.

Ein Beispiel sind die Worte, die er an seine Leser richtet, bevor er ihnen die Episode mit dem Nussbaum erzählt: „O ihr neugierigen Leser der großen Geschichte des Nussbaums auf der Terrasse, hört die schreckliche Tragödie und zittert nicht, wenn ihr könnt" (S. 53). Die gewählten Worte sind stark: „Tragödie", „leiden" usw. Es ist eine Lüge, die der Leser nicht versteht. Dennoch handelt es sich nur um eine kleine Lüge, wie sie Kinder oft erzählen, und ohne wirkliche Konsequenzen.

Seine verschiedenen Geständnisse sind ebenfalls Teil seiner Schreibstrategie: Indem er den Eindruck erweckt, eine umfassende Darstellung seiner Fehler, einschließlich der unaussprechlichsten, zu liefern, versucht Rousseau immer wieder, seine Unschuld zu beweisen. Wenn die Dinge, derer ihn seine Kritiker beschuldigen, nicht in seinen *Bekenntnissen* stehen, dann wird der Leser wahrscheinlich daraus schließen, dass es sich dabei nur um Gerüchte handelt. Was die Anschuldigungen gegen ihn betrifft, die in diesem Buch beschrieben werden, so wird der Autor, wie wir gerade gesehen haben, alles daran setzen, sich zu rechtfertigen und die Nachsicht des urteilenden Lesers zu erlangen.

DIE VIELFÄLTIGE ROLLE DER LESER

Mit *den Bekenntnissen* versucht Rousseau, eine besondere Beziehung zu seinem Leser aufzubauen. Er zögert nicht, seine Erzählung regelmäßig zu unterbrechen, um sich indirekt an ihn zu wenden: „In dem Maße, wie der Leser in meinem Leben von meiner Stimmung Kenntnis nimmt, wird er all dies spüren, ohne dass ich mich bemühe, es ihm zu sagen" (S. 71), „Ach, nehmen wir die Miseren meines Lebens nicht vorweg; ich werde meine Leser nur zu sehr mit diesem traurigen Thema beschäftigen" (S. 78) usw. Der Protagonist der Confessiones ist ein Mensch, der mit seinen Lesern interagiert. Daher fällt etwas völlig Neues in der Struktur der *Bekenntnisse auf*: die Interaktion, die der Autor zwischen sich und seinem Leser durch die verschiedenen Rollen, die er ihm auferlegt, herstellt. Die erste Funktion, die er ihm zuweist, ist die des Freundes und Vertrauten. Zu diesem Zweck erzählt er dem Leser seine Lebensgeschichte bis ins kleinste Detail und beweist damit sein großes Vertrauen in ihn: Er gesteht ihm alles, auch das Unaussprechliche. Über die Vertraulichkeiten hinaus, die er wie einem Vertrauten preisgibt, indem er sich verletzlich zeigt (trotz seines großen literarischen Könnens, das ein sachkundiges Publikum nicht täuschen kann), ermöglicht er es dem gewöhnlichen Sterblichen, sich mit ihm zu identifizieren, und lädt ihn ein, sich ihm näher zu fühlen. Doch Rousseau geht es nicht nur darum, die Freundschaft seines Lesers zu gewinnen. Denn der Leser ist nicht nur Zeuge der Abenteuer, die ihm erzählt werden, sondern sieht sich auch mit einer schweren Aufgabe konfrontiert: der Interpretation der ihm vorgetragenen Erzählung. So drückt Rousseau seinen Willen aus: „Es ist an ihm, diese Elemente zusammenzufügen und das Wesen zu bestimmen, aus dem sie bestehen: Das Ergebnis muss sein Werk sein; und wenn er sich dann irrt, ist der ganze Irrtum sein Werk." (S. 230) In Wirklichkeit ist die Hauptrolle des Lesers die des Richters der Bekenntnisse: „Ob die Natur die Form, in die sie mich geworfen hat, richtig oder falsch beurteilt hat, darüber kann man erst urteilen, nachdem man mich gelesen hat." (p. 33)

DAS THEMA NATUR

Die Natur ist eines der zentralen Themen in Rousseaus Werk. Weit davon entfernt, eine bloße Kulisse zu sein, übt sie auf ihn eine rettende Wirkung aus, tröstet ihn, wenn es ihm schlecht geht, und begleitet ihn in allen Phasen seines Lebens. In *den Bekenntnissen kommt es zu* einer regelrechten Personifizierung der Natur, die als Zeuge der Ereignisse in seinem Leben fast wie ein Freund, ja manchmal sogar wie eine Mutter erscheint.

Doch für den jungen Jean-Jacques ist die Natur auch der ideale Zufluchtsort. Denn dank ihr lässt er seiner Fantasie freien Lauf und flüchtet sich vor dem herrlichen Schauspiel, das sie seinen Sinnen bietet.

Die Freude, die sie ihm bereitet, ist jedoch nicht nur zerebraler, sondern auch körperlicher Natur. Man muss bedenken, dass Jean-Jacques die Natur durch stundenlange Spaziergänge kennenlernt. Wie viele Spaziergänge auf dem Land hat er in seinen ersten zwanzig Jahren nicht unternommen? Wie oft ist er zu Fuß durch Frankreich, Italien und die Schweiz gewandert, oft ohne zu wissen, wohin er ging? Die Natur bedeutete für ihn also Freiheit und Ungebundenheit, und das verstärkte das so positive und enthusiastische Gefühl, das sie in ihm auslöste.

DENKANSTÖSSE

EINIGE FRAGEN, UM IHRE ÜBERLEGUNGEN ZU VERTIEFEN...

- Wo liegen Ihrer Meinung nach die Grenzen von Rousseaus Unternehmen? Argumentieren Sie.

- Inwiefern sind Ihrer Meinung nach die ersten vier Bücher der *Confessiones* wichtiger als die anderen acht?

- Welche Rolle spielten die *Bekenntnisse* in der Literaturgeschichte?

- Welche Unterschiede machen Sie zwischen einer Autobiografie und einer Autofiktion?

- „Ich fühle mein Herz und kenne die Menschen. Ich bin wie keiner von denen gemacht, die ich gesehen habe; ich wage zu glauben, dass ich wie keiner von denen gemacht bin, die es gibt. Wenn ich nicht besser bin, so bin ich wenigstens anders. Ob die Natur gut oder schlecht daran getan hat, die Form, in die sie mich geworfen hat, zu zerbrechen, kann man erst beurteilen, wenn man mich gelesen hat." Listen Sie alle Stilfiguren auf, die Sie in diesem Auszug beobachten, und kommentieren Sie sie.

- Wenn Sie *Die Bekenntnisse* einer literarischen Strömung zuordnen müssten, welche wäre das und warum?

- Was versteht man im 18. Jahrhundert unter dem Begriff „Philosoph"e ? Welche Rolle spielt er? Kann Rousseau als Philosoph betrachtet werden?

- Welche Beziehung hat Rousseau zu Frauen? Wie erklären Sie sich das?

- Inwiefern erhellen die „*Bekenntnisse*" das Werk Rousseaus?

REFERENZAUSGABE

ROUSSEAU J.-J., *Les Confessions* (Livres I-IV), Paris, Gallimard, Coll. „Folio classique", 1997.

Deine Meinung ist uns wichtig!
Hinterlasse doch einen Kommentar auf der Seite
unserer Online-Buchhandlung
und teile Deine Favoriten in den sozialen Netzwerken!

derQuerleser.de

Literatur auf den Punkt gebracht!

www.derQuerleser.de

ISBN digitale Ausgabe: 9782808686907
ISBN gedruckte Ausgabe: 9782808698306
Pflichtexemplar: D/2023/12603/1110

Cover: © Plurilingua
Logo: © Graphicrepublic (Freepik.com) und Plurilingua

Digitale Aufbereitung: Primento, der digitale Partner der Herausgeber.